Joseph Sebastian Rittershausen

An die Rezensenten zu Jena

Joseph Sebastian Rittershausen

An die Rezensenten zu Jena

ISBN/EAN: 9783743378872

Hergestellt in Europa, USA, Kanada, Australien, Japan

Cover: Foto ©Andreas Hilbeck / pixelio.de

Manufactured and distributed by brebook publishing software
(www.brebook.com)

Joseph Sebastian Rittershausen

An die Rezensenten zu Jena

An die Recensenten zu Jena.

Von Rittershausen.

1789.

Wer seyd Ihr, mein Freund!
— — Ein Kunstrichter aus Jena.

Nichts ist ähnlicher einem Unsinnigen, als der, welcher betrunken ist.

                    Jordaens Drey-König-Fest.

Wiewohl ich schon lange die Ehre nicht mehr hatte, von Recensenten gelobt oder getadelt zu werden: nahm sich doch einer aus Jena neulich die Mühe, mein Buch, betitelt: Die vornehmste Merkwürdigkeiten der Residenzstadt München für Liebhaber der bildenden Künste, schon unter dem 17ten September vorigen Jahres in hohen Gnaden zu recensiren. Das Litteraturstück kam mir eben in die Hand, ein Zeichen, daß es hier nicht viel Aufsehens machte, sonst würde ich nicht ermangelt haben, hierüber gleich meine Gedanken zu sagen.

Die Recension ist ungezweifelt die größte Wohlthäterinn der Wissenschaften und Künste, wenn ihr Bescheidenheit, und Liebe Gutes zu stiften, an der Seite wandeln: artet sie aber in Muthwillen aus, und jugendliche Possen: wenn Recensenten sich aufführen, wie die Knaben, welche bald da bald dort einen, der ihnen zum

Spaß dienen soll, mit faulen Birnen werfen, dann verdienen sie jede Erniedrigung, sollte man sie auch am Ende mit Unhöflichkeit vom Halse schaffen müssen.

Mich mit Menschen herumbalgen, welche so kerzengerade in ihrer Schulmajestät da sitzen mit dem pfeifenden Birkenzweige, um Zucht und Ordnung in der Litteratur zu halten, und daß sie es sind, in alle vier Ecke der Welt posaunen, ist sonst meine Sache gewiß nicht: ich lasse jeden so gerne in Ruhe und Zufriedenheit sein Stücklein Brod essen, wie lächerlich mir auch manchmal seine Figur vorkömmt: dann sollten aber die Herrn auch so viele Lebensart haben, und nicht von jedem, der ihnen in Weg kömmt, begehren, daß er ihnen ihre Steckenpferde satteln solle.

Ich betrachte die Welt immer als ein großes Spital: es giebt aber gewisse Kranke, deren Gesellschaft auch dem Menschenfreundlichsten unerträglich wird. Man erzählt: Jemand, welcher zur Gesundheitspflege in einem Krankenhause angestellet war, führte in selbem einstens einen Fremdling herum. Sie kamen in ein Zimmer, und der Krankenwärter sprach: Sehen Sie da diesen Thoren, er bildet sich ein, er sey Gabriel, und ich, in eben diesem Augenblicke wandelt ihn seine eigene

Narr=

Narrheit an, ich, der ich doch Gott Vater bin, weis nicht ein Wort davon. Ich kannte einen Neapolitaner, so lange er nichts anderes, als die Lustgärten zu Sorrento und Tivoli, vor sich sah, konnte man ihms niemals begreiflich machen, daß wir Teutschen etwas anders speiseten, als Eicheln: er nennt uns Bestien und Barbaren; itzt kam er über die Alpen, und wunderte sich hoch, daß uns die Sonne gerade ins Gesicht scheine: er blieb in Teutschland, und fand auch unsere Bissen gut. Sachsen ist, wie die Sachsen sagen, der Litteratur Heiligthum; Gott vergebe mir also die schwere Sünde, daß in mich der Gedanke kam, wir da außen könnten eben so gut Bücher schreiben, wie sie, eben so gut recensiren, wie sie; und die Leipziger-Messe lieferte uns weit mehr Makulatur herein, als wir schon hatten.

Frankreich hat uns den Geschmack sehr verdorben: würden die Putzmacherinnen in Paris die fliegenden Gärten der Semiramis auf die Köpfe ihrer Schönen zaubern mit einem Springbrunne noch oben darauf, unsere Frauenzimmer äften es sicher nach: möchten die Stutzer in der Tuillerie mit rosenrothen Stiefeln erscheinen, und einer gewichsten Veste: ich wette, auch unsre Gassen werden bald voll Steinhüner seyn. Es giebt so viele Schwache unter uns, welche sich nicht zu pipsen getrauen gegen die Menschen da drinnen mit ihrem Inderstaabe: ich kenne selbst Gelehrte mit dem Herzen in ihren Händen, welche sich ducken und schmucken, und sogar in Vorlesung der Authoren guten Rath aus der Fremde beschicken, um von keinen Recensenten gehudelt zu werden: im Gegentheile aber vom Vorurtheile geblendet alle Papillioten, welche aus jenen Messen zu uns herüberrauschen, als die vollkommensten Muster ansehen, darnach sie ihre Frisuren zu bilden haben. Das heißt durch den verdienstvollsten Glauben selig werden! denn er ist sehr blind.

Wenn der Kopf nicht ganz mit Stroh ausgefüttert ist, der Mann eines mittelmäßigen Talentes auch nur fleißig ist, und eine der Wissenschaften und Künste zu erreichen sich durch mehrere Jahre verwendet, aber die Schwachheit nicht hat, Universalkopf zu werden, kann ohne Mirakel immer so weit kommen, daß er die Grundregeln seines Faches kennt, und ohne daß ihm ein Recensent aus Jena seine Augengläser wischet, selbst zu urtheilen vermag, ob er gegen das A B C seines Studiums gefehlt habe, oder nicht. Je mehr man die Geheimnisse der Wissenschaften und Künste durchzudringen sich bestrebet, um so mehr Schwierigkeiten entwickeln sich, ein be-
schei=

scheidener Gelehrter und Künstler wird immer mit heilsamer Schamröthe auf seine Werke blicken, wenn er sie gegen den tiefgelegten Plan der Mutter Natur hält, oder gegen jene bessere Muster, welche uns Latium und Griechenland zurückgelassen haben. Im Gegentheile giebt es Leute, welche oft die Hälfte nicht wissen, was einer vergaß, der nur gutes Sitzfleisch hat, aber doch mit ihren Reitpeitschen vor jedem Musäum ohne Unterlaß knallen, und das Privilegium, an allen Orten die Ruhe der Musen zu stören, sich bloß durch Ungezogenheit erworben haben.

Mein Recensent in Jena, der spricht mir den ganzen Verstand weg, und jede Einsicht in die Kunst. Mein Gott! nicht einmal wie ein armes Würmchen läßt er mich um Laocons Fußgestelle kriechen! so, wie man hier in Baiern Rübenkraut einmachet, säbelt der Grausame mein armes Büchelchen zusamm. Nach seinem Tone, mit dem er entscheidet, wären Apelles und Praxiteles höchstens seine Farbenreiber, Aristoteles dürfte ihm Dintenpulver holen. Ich weis gar wohl, wie fehlerhaft meine Werke sind, und der Satan des Stolzes hat mich noch nie so angewandelt, daß ich darüber ungehalten werde, wenn mir mit Bescheidenheit meine Böcke gewiesen werden: ich pflege meine Gemälde jedermann zu zeigen, und

und höre aller Menschen Urtheil: sagt man mir gründliche Fehler, dann nehme ich wieder Palette und Pinsel, und streiche meine Rechthaberey aus. Doch erinnere ich mich immer an jenen Maler des Alterthums, welcher zwar den Schuster gerne hörte, so lange er von der Venus ihrem Pantoffel schwätzte, aber seine weitere Erinnerungen verbath, welche in das Tiefe der Kunst dringen wollten; er gab ihm den erbauenden Rath: er möchte bey seinem Leiste bleiben, und nicht über das räsonniren, was er nicht verstünde. Die heilsamste Lehre, welche alle kleine Recensentchen statt eines Ritterordens in einer Schiffer an der Klappe ihres Rockes tragen sollten; sie würden sich öfters ihrer Minervalkenntnisse erinnern, daß sie nur Chevaliers de la Sauffiffe seyen, und ihre Kollegen weniger prostituiren. Sollte Recensent wieder eine Lustreise nach München machen, vielleicht würde es ihm angenehm seyn, die neuen Correspondenten von hier nach Jena kennen zu lernen, und so er sich erniedrigen würde meine Werkstätte zu besuchen, sich selbst überzeugen, daß ich auch Grobheiten der Critique, wenn sie mir nicht öffentlich angethan werden, zu übertragen weis.

Die Werke der Kunst und der Wissenschaften haben dieses Beruhigende an sich selbst, daß kein Tadel ihnen ihren wahren Werth
be-

benimmt, noch Lobeserhöhungen einen geben. Was es ist, das ist es, nichts mehr, nichts weniger. Stellt der Gelehrte, oder der Künstler sein Werk einmal öffentlich aus, dann muß er sichs freylich gefallen lassen, daß die Welt darüber urtheile: man weis zwar, was Ignorantenstolz und Kabalen öfters vermögen, sie sind bloß da, um auszupfeifen: doch Zeit und Umstände setzen die Wahrheit wieder in ihre Rechte ein. Ich kenne einen Mann, er ließ sich münzen, in Kupfer stechen, Gyps und Bronzo gießen: bezahlte kostbar, und die Recensenten posaunten ihm, daß sie krebsroth wurden; er hielt sich Lobredner, und lobte sich selbst; er scheint aus allen Buchläden, wie aus der Gewürzbude das volle Gesicht des Kaisers von Marokko: und dennoch will all das Ding nichts helfen, er erlebt den Tod aller seiner Kinder, und sein Name hat mit den Papieren einerley Schicksal, auf die er gedruckt ist. Als ich vor einigen Jahren zu D. war, versicherte mich ein akademischer Professor, daß alle Rubens aus Gallerien zu schaffen wären: der Mann kann nicht einmal zeichnen, sprach er; und dann gerieth er in Feuer über Raphaels Contouru, und den Vorzügen der alten Griechen, daß ich ihn für nichts weniger halten mußte, als Julius Romanus den Zweyten. Ich erflehte von dem beständigen Sekretär der Akademie, daß ich eines der Gemälde von

diesem

diesem Lobredner der Schönheit zu sehen erhielt:
ach wie hat doch der Himmel die armen Sterb=
lichen gestraft! der Herr Professor mit Gunst
verstand nicht einmal Preislers Karikaturlinien.
Ein belehrender Fall ereignete sich in München.
Demarrees litt vom Brodneide seiner Zeit
viele Verfolgung, man hieß ihn gewöhnlich
nur den Schönfärber; es geschah, daß er nebst
zween andern Malern ein Altarblatt in die
Kirche der Salesianerinnen fertigte: man saty=
risirte schon zum voraus, und freute sich auf
die Erniedrigung, mit welcher ihn die Kunst=
richterey bekränken würde: der Ausgang ent=
sprach auch anfänglich dem Wunsche der Tün=
cher. Itzt bekennet jeder, welcher selbes mit
unbefangenem Auge sieht, das Gemälde ver=
diene einen Rang unter den guten Blättern
Italiens.

Arzt! kurire dich selbst, wird mir jemand
sagen, laß die Männleins zappeln und recen=
siren, du aber schweig. Das würde ich thun,
wenn ich nicht so manchen meiner Landesleute
mit einem guten Beyspiele vorangehen wollte,
den Hokkusbokkus ein wenig zu untersuchen,
mit welchem Orakelpriester, welche sich rüh=
men die beste Kopie des delphischen Drey=
fußes zu verwahren, die altgläubige Welt be=
triegen. Dann vermuthe ich auch, daß es ge=
gen die Regeln der Klugheit nicht gefehlt sey,
wenn

wenn ich nicht gerne zugebe, daß eine Roßflie-
ge mir meine Tafel besudle. Callots Blatt
der Versuchung des Antonius ist bekannt, wie
der Teufel, behüt uns Gott! die Menschen
verblendet, die merkwürdigste Sammlung pos-
sierlicher Gestalten. Es scheint, einige Recensenten haben sich selbes zum Muster gewählt,
ihre litterarischen Kriege zu führen. Solche
Riesen und Zwergen senden sie aus, Ka-
tholiken, die noch an Hexen und Gespenster
glauben, durch Bocksfüsse, Hörner und Schwanz
Furcht zu machen. Ich glaube, wenn jeder
mißhandelte Author meine Art des Exorcismus
gebrauchte, und ihnen eben so reichlich ge-
weihtes Wasser ertheilte, sie würden manche
Pressen von dieser Plage befreyen.

Doch, zur Sache, ich will die Maus zeigen, von welcher die Jenaischen Hügel nach
einer gräßlichen Kolik entbunden worden sind,
und dedicire meine Zeilen denen, welche die
Bathenstelle vertraten. Ich hoffe zwar, daß
unter den dortigen Recensenten einige sehr
würdige Männer seyen, welche keinen Theil
an jenen Sotisen haben, an welchen sonst die
allgemeine Litteraturzeitung reich ist, und
diese werden mein Verfahren selbst nicht mißbilli-
gen. Es geschieht ihnen vielleicht, wie mir
geschah, als ich vor ein paar Jahren in München die gelehrte Zeitung schrieb; da rückte
man

man ohne mein Wissen öfters Stellen ein, wegen denen ich mich mein ganzes Leben zu schämen habe, die aber das allgemeine Vermuthen aller meiner Protestationen ungeachtet auf meine Rechnung schrieb: allein ich dependirte; Sie aber, meine Herrn! sind unabhängig, und sollten sich keine andere Kollegen aufdringen lassen, als von denen Sie Ehre haben. — Aber Recensent ist in Harnisch gekrochen, besteht die Spitze und Schneide seines Spießes. So stand Jäkele da, als er seine Kammeraden herbeyrief, zu erlegen das erschreckliche Thier. Denn ich bin ja doch nur ein Hase gegen die Herrn aus Jena.

„Die Absicht des Herrn Verfaßers ist, den Liebhaber der bildenden Künste zu unterhalten, und zu belehren. Er glaubt, daß zu jeder richtigen Beurtheilung der Werke der Kunst klare und bestimmte Begriffe erfodert werden, und setzt daher in der Einleitung zu seinem Werke die Regeln auseinander, nach denen er urtheilet. Recensent hält sich aber überzeugt, daß in dieser allgemeineren Theorie, die ohnehin äußerst unvollständig ist, eine solche Dunkelheit und Unbestimmtheit der Begriffe herrsche, welche den Verfaßer nach seinen eignen Grundsätzen zur Beurtheilung ganz unfähig machen.“

Das

Das sind die Hieroclyphen des Anfangs, deren Sinn Recensent uns zu errathen aufgiebt. In dieser allgemeineren Theorie, ist denn über die allgemeine Theorie noch eine allgemeinere? Ich dächte, das Wort allgemein hielte schon alles in sich, wie allwissende Recensenten schwerlich zugeben werden, daß jemand noch allwissender sey. Doch, welche Theorie versteht Recensent unter dieser allgemeineren? Jene, die ich festgesetzet habe, oder so viele bekannte Theorien, von denen ein jeder schwätzt, welcher sich in das Fach der Künste mischt? Ich berufe mich auf jeden Leser, welcher sich darauf verstehet, Räthsel zu lösen, ob er weis, was Recensent hier will. Doch, ich will auf einen Doppelsinn antworten: Hält sich Recensent überzeugt, daß die Theorie, die ich in der Einleitung festgesetzt habe, äußerst unvollständig sey, und Dunkelheit und Unbestimmtheit der Begriffe darinn herrsche, die mich nach meinen eigenen Grundsätzen zur Beurtheilung ganz unfähig machen: so erwarte ich Beweise. Ist aber die Rede von diesen, dann bekenne ich, daß noch sehr vieles zu entdecken sey, was Sulzer nicht geleistet hat, der nur gar zu viel auf Treue und Glauben schrieb; indessen sind dennoch gewisse sichere Regeln, nach denen jeder Theil der Kunst bearbeitet werden muß. Zum Beyspiel, die Zeichnung wird nach mathematischen;

tischen; das Kolorit nach den Regeln der Strahlenzertheilung und Brechung; der Ausdruck nach den Leidenschaften der Menschen bestimmt; solche Regeln, keine andere, setzte ich fest: ich sehe also nicht, daß darinn eine solche Dunkelheit und Unbestimmtheit der Begriffe herrsche, die einen zur Beurtheilung ganz unfähig machen, und das um so weniger, als Recensent, welcher doch von dieser Dunkelheit und Unbestimmtheit überzeugt ist, dennoch über Werke der Kunst zu urtheilen ungemeine Dreistigkeit hat. Aber lasset noch einmal rathen: versteht vielleicht Recensent unter dieser allgemeineren Theorie die Quinteßenze, das aurum potabile der schönen Künste, welches uns die Estetiker schon durch so viele Jahre zu reichen versprochen, wir bis itzt aber ungeachtet aller Erklärungen, welche von Meße zu Meße in Quart und Oktav erschienen, noch immer leeren Luft schnappen, dann hat Recensent allerdings Recht, daß er von Unbestimmtheit und Dunkelheit überzeugt ist: denn über diese Grundsätze wird ohne Unterlaß gestritten werden, wie über die Apocalypsis der Bibel, und wird eben so wenig klar werden, als die Philosophie der Salmanticenser: indessen hat Raphael ohne die Estetik gemalt, und la Raiße auch ohne dieselbe wohl geschrieben. Künstler und Kunstrichter können also urtheilen, ohne in diesem sonderbaren Geheimniße unterrichtet zu seyn. Itzt

Itzt scheint Recensent beweisen zu wollen, daß mich meine eigenen Grundsätze zur Beurtheilung ganz unfähig machen. Er citirt folgende Stellen aus meinem Buche: "Die Baukunst ahmt das Werk der Schöpfung nach, welche über der Wohnung Bequemlichkeit durch Schönheit und Pracht in des Anschauenden Seele Empfindungen aufweckt." An einer andern Stelle, wo ich von den Foderungen geredet habe, die man an den Künstler zu machen berechtiget sey: "Endlich alle, um mich bestimmt auszudrücken, müssen Psychologie haben, die schweren Lehren des Geistes fassen, des Lebens Systeme, das durch die ganze Schöpfung zirkelt, und der Urkräfte Gottes. Ferner: Die hohe Allegorie, unter welcher ich vornehmlich ein göttliches Wesen verstehe, das aus menschlichen Zügen leuchtet, nicht allein, wenn erdichtete Personen auf eine Wahrheit anspielen, ist die höchste Stuffe, auf welche sich die Kunst zu erheben vermag." Dieß wäre also die Probe.

Die Baukunst ahmt das Werk der Schöpfung nach. Dieser Satz, glaube ich, sey so richtig, als mein Recensent und die Kunst zwey ewige Contradictorien seyn werden, der gewiß niemal zu der sublimen akademischen
Wissen=

Wissenschaft gelangen wird, daß er weis, wo die Kapuzinermuskel sitzt. Wenn die Kunst eine Nachahmerinn der Natur ist, die Natur aber in den Werken der Schöpfung erscheint, die Kunst also natürlich diese Nachahmerinn der Werke der Schöpfung seyn muß, wird die Baukunst ihre Ideen wohl nicht aus dem alten Chaos hervorholen können. Doch Ihr Maler! seyd getröstet! Ihr habt bis itzt auf Eurer Palette nur vier Farben; mein Recensent entdeckt die fünfte, welche in der Natur noch niemals erschien, aus der Fabrique von Tripstrille. Heil Euch Dichter! Ihr habt schon so lange unsern Frühling besungen, und immer die alten, alten Bilder, wie ein armer Savojard, vor unsern Augen paßiren lassen: Recensent läßt für Euch neue Blumen wachsen; citirt neue Zephirs her mit ausgehacktem Fittig. Ihr guten gefühlvollen Romanenschreiber! habt durch die Hälfte unsers Jahrhundertes immer einerley Seufzer ausgestossen, immer mit einerley Verzweiflung unsre Schönen geschrecket, immer am nämlichen Feuer die diamantenen Herzen geschmolzen! flehet zu meinem Recensenten, er giebt Euch ein Arkanum, daß uns Euer ewiges Einerley nicht mehr quällt. — Oder wenn die Baukunst das Werk der Schöpfung nicht nachahmt, goldenes Männchen! sag mir, was ahmt sie denn nach? Oder ist sie Schöpferinn ihrer selbst? O. Rotonda! Rotonda!
wie

wie schön wärest du, wenn du sieben Spitze hättest; und Röllchen oben daran, die Recensenten zu Jena würden vor Freude tanzen.

„Ueber der Wohnung Bequemlichkeit, welche sie verschafft, wecket die Schöpfung durch Schönheit und Pracht in des Anschauenden Seele Empfindungen auf." Ich frage also Bergschotten und Lappländer, und die Wilden in fernen Welttheilen, weil mich Accademici nicht verstehen: Seyd Ihr mit Euren Hütten unzufrieden? Wer hat Euch gelehrt, die bequemen Hütten zu bauen? Ihr habt den Vogel belauscht, wie er sein Nest verfertiget; dem Wurme in seiner kleinen Höhle nachgespürt; den Bau so vieler unterrichtenden Thiere betrachtet: hier fandet Ihr Eure Lehrmeister, hörtet die Stimme Eures Innersten, daß auch unter dem unfreundlichen Himmel, dort, wo die Lehren unsrer Weisen noch sehr unbekannt sind, und man keine Papiere solcher Recensenten kennt, die Natur für des Menschen Nothdurft und auch ihre Bequemlichkeit sorgt. Was aber die Schönheit und Pracht der Schöpfung betrifft, ob diese fähig sey, in des Anschauenden Seele Empfindungen aufzuwecken; was soll ich hier antworten? Hätte Recensent eine bessere Satyre auf sich selbst schreiben können; könnte jener König des Alterthums zuverläßiger sagen: Ich bin Midas!

Alle (Künstler) müssen Psychologie haben, die schweren Lehren des Geistes fassen. Recensent würde also wohl die Karikaturen unserer Bilderhändler, die Sammlungen der Zwergen und Modehannsen für sehr geistreiche Werke anrühmen; denn meiner Seele! dazu wird keine Psychologie erfodert. Doch, das soll meine Leser nicht in Verwunderung setzen, die Litteraturzeitung von Jena hat wohl noch schlechtere Dinge gelobt, und durch die lorberbehängte Posaunen der Schwärmerwelt kund gemacht. Behaupten, daß dem Künstler die Psychologie entbehrlich sey, das ist ein Unsinn, welcher alle Vermuthung übersteigt; hätte ihn Recensent nicht drucken lassen!

Müssen fassen die schweren Lehren des Lebenssystems, das durch die ganze Schöpfung zirkelt, und der Urkräfte Gottes. Das hieße nach meiner Idee, der Künstler muß auch die Ordnung der Natur, so viel ihm möglich ist, einsehen, den Zusammenhang der Ursachen und Wirkungen. Ist diese Foderung unbescheiden? Einige Recensenten zu Jena müssen freylich in dieser Erfahrung Fremdlinge seyn, sonst würden sie meinen Recensenten ganz sicher nicht an den Platz gesetzet haben, wo er itzt tändelt. Die Kunst stellt aus der Natur, welche einzeln doch immer mangelhaft erscheinet, eine abgezogene Schönheit

heit dar. Wer nicht Raphaels Gaben hat, mit welchem die Natur selbst redete, muß sich langes und tiefsinniges Studium gefallen lassen, bis er lernt, welche Schönheiten, von was für Gegenständen, wie er sie abziehen, und was noch mehr, zusammsetzen soll; und um diese zu kennen, muß er hoffentlich die Ordnung der Ursachen und Wirkungen studiren. Ich kannte einen Menschen, der in seiner Art ein Künstler war, wie mein ehrenwerther Herr ein Recensent. Er wußte keine Regel, aber malte doch immer als Diletante fort. Weil aber aus seinen Gemälden nichts und wieder nichts wurde, wie sehr er auch Farben und Pinsel marterte: suchte er Bekanntschaft mit einem wackern Künstler, der sich aber wegen geringen Mitteln für jeden Idioten bücken mußte. Bessere Er mir mein Gemälde aus, sagte der Junker zum Maler; dieser nahm die Tafel, wischte zu Hause die Quacksalberey weg, und malte sie frisch. Mit Erstaunen sah der Verderber der Farben die Arbeit: Was, schrie er entzückt, Himmel! ists möglich? so habe ich gemalet? Nicht anders, Ihre Gnaden! ich habe nur ein wenig die Höhen geglättet, das Uebrige schmolz von sich selbst so in einander. Er glaubt. So lieblich täuschet die armen Menschen die Einbildung.

Die hohe Allegorie, unter welcher ich vorzüglich ein göttliches Wesen verstehe, das aus menschlichen Zügen leuchtet, nicht allein, wenn erdichtete Personen auf eine Wahrheit anspielen, ist die höchste Stuffe, auf welcher sich die Kunst zu erheben vermag.

Das Alterthum hatte nur einen Jupiter, wie Phidias bildete, der hohen Allegorie vorzüglichstes Beyspiel. Mehr zu sagen, wäre hier die Worte verschwendet.

Das sind also die Beweise, welche mich, wie Recensent sagt, nach meinen eigenen Grundsätzen zur Beurtheilung ganz unfähig machen: oder vielmehr die Beweise, daß Recensent nach seinen eigenen Grundsätzen zur Beurtheilung der Werke der Kunst ganz unfähig sey.

Aber Recensent speyt in die Hände. Ich setze alles wörtlich her, den geneigten Leser mit der Venus des Styls bekannter zu machen.

Die Beschreibung der Kunstwerke selbst, und die hinzugesetzten Beurtheilungen sind so voll von übertriebenen Lobeserhöhungen, unbeträchtlichen Kritiquen, affektirter Schönschreiberey, daß
sie

ſie gewiß mit der ſchlechteſten italieniſchen Quida in keine Vergleichung kommen können.

Ueber alles dieſes, was ſeine Grobheit ſagt, führet ſie nicht den geringſten Beweis. Diejenigen, welche mein Buch leſen, für die himmliſche Kunſt Gefühl haben, und kennen, ob mein Styl nur eine bloße Perücke ſey, die auf einen Büſchel Stroh geſetzt iſt, wie ſo viele Schönſchreibereyen, welche ungeſchickte Recenſenten loben, oder aber ernſthafte Wahrheit, die ich nicht ohne Abſicht in ſolchen Gewanden erſcheinen ließ; diejenigen, welche kein Brodneid peiniget, und Schriftſtellereiferſucht, vornehmlich aber aus Profeßion keine ſolche Recenſenten ſind, mögen nach ihrem Belieben urtheilen. Uebrigens zweifle ich ſehr, ob Recenſent eine italieniſche Quida jemals in ſeinem Leben geſehen, ſo wie er mein Buch, wenigſtens nicht verſtanden hat, wie die Gemälde von München, die er auch geſehen haben will. Das behaupte ich aber ganz zuverſichtlich, daß Recenſent in Italien nicht einmal Reliquienpritſchler würde, viel weniger Cicerone. Wer da drinne Unwahrheit ſagt, und dafür bezahlt wird, weis ſie mit Art und ohne Grobheit zu ſagen.

Selbſt als bloße Nomenklatur der merkwürdigſten Gemälde und Bildhauerarerarbeiten in München, denn auf diese schränket sich der Verfasser ein, ist das gegenwärtige Werk weder vollständig, noch zuverläßig genug. Die Kunstwerke dieser Art sind theils in Kirchen, theils in den kurfürstlichen Palästen, theils in Privathäusern anzutreffen. Von den letzten haben wir bis itzt keine zureichenden Nachrichten, und hier hätte sich der Verfasser um den reisenden Kunstliebhaber am meisten verdient machen können. Aber alles, was er davon anmerkt, ist dieses: daß sich in den von Weitzenfeldischen und Pilgramischen, Baron Mayerischen und Baron Ruffinischen Cabinetern gute Gemälde finden.

Ich gestehe, ich wollte weder eine bloße Nomenklatur schreiben, wie man die Weine spezifizirt, noch die Privatgemälde besonders anzeigen, weil das Buch sonst am Preise und Blättern um die Hälfte gestiegen wäre: unsere hiesigen Privatgemälde aber überhaupt sehr wandelbar sind: ihre Musterung und Abänderung ist zu periodisch, als daß man sie mit beständigen, welche in unsern öffentlichen Gebäuden stehen, verwechseln sollte. Dann bin ich nicht immer so glücklich, hier Buchführer zu finden, welche bey nützlichen Schriften sich eben so guten Absatz versprechen dürfen, als

Aus-

Auswärtige an Makulaturen. Daß ich mich aber um den reisenden Kunstliebhaber dadurch am meisten hätte verdient machen können: sehe ich um so weniger ein, als Nichtreisenden mehr daran gelegen ist, das zu wissen, was sie nicht sehen können: der Reisende ist über die Oerter belehrt, und die Innhaber der Gemälde sind so höflich, daß sie selbe gratis sehen lassen. Zwar wird Adresse erfodert, der Privat läßt sich nicht gerne von jedem belästigen, welcher durch die Welt irret, unter anderen Dingen auch die Tafeln anzugrünzen.

Die Kunstwerke hat Westenrieder in seiner Beschreibung von München ziemlich genau angegeben. Recensent findet zwar bey der Vergleichung, daß H. R. hie und da noch umständlicher in seinen Angaben ist, aber auf eine Art, die seine Nachrichten sehr verdächtig macht. So führet er S. 97 ein Gemälde von Pallach an, worunter man Mühe haben wird, den Francesco Palagio wieder zu erkennen. Der Bildhauer, der das Grabmal Ludwig des Baiern in der Stiftskirche zu unser lieben Frau ausgeführt hat, hieß nicht Grumper, sondern Johann Krumpter. Dieses Monument zu errichten konnte nicht Ludwig des Fünften grosser Gedanke seyn, denn Ludwig der Baier war in der Ordnung

nung der Herzoge dieses Landes der Sechste dieses Namens, und starb lange nach jenem.

Westenrieder hat nach dem Ausspruche des Recensenten die Kunstwerke von München ziemlich genau angegeben, und führet doch jene Privatgemälde nicht an. Uebrigens ist erwähnter Author so bescheiden, wie jeder vortrefliche Gelehrte seyn soll, daß er wohl weis, daß seine Schriften nicht ohne Fehler sind, am allerwenigsten aber die Beschreibung Münchens. Der Meister, welchen ich angeführet habe, ist mir nur unter dem Namen Pallach bekannt, welcher auch kaiserlicher Hofmaler war: will jemand mich des Gegentheiles gründlich aus Urkunden belehren, soll es mich freuen. Den Bildhauer nannte ich Grumper; weil ich seinen Namen so, und nicht anders, in alten Originalrechnungen fand; wer also das Gegentheil behaupten will, muß ächte Urkunden aufweisen. Die Nachrichten, welche Recensent anführet, sind um so mehr verdächtig, als selbe durchgehends ohne Probe hingeschrieben sind. Ludwig der Fünfte ist ungezweifelt ein Fehler, soll Albrecht der Fünfte heißen; hingegen kömmt auch Ludwig der Baier allgemein nicht unter dem Beysatze des Fünften, sondern des Vierten vor, wie auch die Aufschrift des Denkmales ausdrückt. Recensent

censent scheint mit Baierns Geschichte nicht viel besser bekannt zu seyn, als mit der Kunst selbst.

Was die Sammlungen von Kunstwerken der Malerey und Bildhauerey in den kurfürstlichen Palästen betrifft, so hat der Hoffammerrath und Galleriedirektor von Weitzenfeld bereits 1775 eine Beschreibung von der kurfürstlichen Gallerie zu Schleißheim herausgegeben, woraus nachher die mehresten Gemälde nach München gekommen sind. Recensent, der diese Beschreibung nicht bey Handen hat, ist nicht im Stande zu beurtheilen, ob ihr der Verfasser bey den Angaben des Subjekts, und der Meister gefolgt ist.

Von dem, was man nicht bey Handen hat, und was man nach seinem eigenen Geständnisse zu beurtheilen im Stande nicht ist, würde ein vernünftiger Mensch schweigen. Ob ich jener Beschreibung gefolgt sey, oder nicht, was geht das Recensenten an? Er untersuche, ob ich wahr geredet habe, oder nicht. Doch, jene Beschreibung ist keine Beurtheilung der Gemälde, sondern ein Katalog. Hiemit war die ganze Anmerkung überflüßig.

Als

Als Recenſent vor einigen Jahren durch München reiste, war der Düſſeldorfer-Galleriedirektor, den der Kurfürſt dazu hatte herüber kommen laſſen, gerade beſchäftiget, die Gemälde zu ordnen und aufzuzeichnen: ſein Angeben ſchien bey dem vorliegenden Werke zum Grunde gelegt zu ſeyn, wenigſtens kommen die hier befindlichen Nachrichten mit denjenigen, was ſich Recenſent von Jena erinnert, überein.

Recenſent hätte weit verdienſtvoller eine Reiſe nach Egger gethan, wo man papierene Bilder ausſchneidet, als nach einer Reſidenzſtadt, wo die Künſte bis zur Verſchwendung die koſtbarſten Werke hinterlaſſen haben. Als Director Krahe in München war, befand ich mich zu Wien, und erſtaunte über Mechels Ignoranz, Kühnheit und Stolz, mit welchem er eine der erſten Gallerien in der Welt verdorben hatte, aber deſſen überſchwengliche Verdienſte ſklaviſche Recenſenten zu ihrer ewigen Schande, die noch immer gedruckt iſt, bis an die Fixſterne erhoben. Ich war ganz auſſer Stand H. Krahe zu kopiren, denn ich ſah bey meiner Zurückkunft nichts mehr von der Einrichtung dieſes wahrhaft verdienſtvollen Mannes. Doch, weſſen erinnert ſich aber Recenſent, das mit jenen Ideen übereinkommt? Das ſagt er nicht.

Ich

Ich fand vor einigen Wochen bey einem wackern hiesigen Künstler einen Witzling; dieser behauptete uns allen dreiste ins Angesicht, das Gemälde, an welchem jener arbeite, wäre aus einem Kupfer des Correggio gestohlen: ich bath ihn das Blatt zu benennen; und der Sprecher ward itzt stumm, wie ein Lapperton.

Allein, ob sie in Ansehung der italienischen Schule richtig seyn mögen, bleibt grossen Zweifeln unterworfen. Wenigstens ist die heilige Cäcilia S. 29 gegewiß kein Original des Dominichino.

Da Recensent wieder nicht den geringsten dieser grossen Zweifel sagt, welchen die italienische Schule unterworfen bleibt, nichts beweiset, warum die heilige Cäcilia gewiß kein Original des Dominichino ist, so bleibt mir auch nichts zu widerlegen übrig. Ueber die Impertinence aber muß ich erstaunen, daß ein Mensch, welcher laut seiner eigenen offenen Schuld, die er hier fast in jeder Zeile bethet, in den ersten einfachsten Grundsätzen der Kunst weit fremder ist, als ein Farbenreiber aus China, dennoch so dreist wird, eine der berühmtesten Gallerien mit der unverschämtesten Kritique herunterzusetzen. Die Originale des Dominichino sind gar nicht schwer zu erkennen: aus der ganzen Carraccischen Schule hatte keiner diesen kor-
rekten

rekten anständigen Umriß, keiner dieses auffallende, aber widerscheinlose Kolorit, keiner diese Hoheit der weiblichen Leidenschaften. Wer viele Gemälde von diesem Meister gesehen hat, und seine Eigenschaften kennt, würde mich billig einen dreyfachen Schafskopf heißen, wenn ich diese Tafel anders benennte.

Von den geschnittenen Steinen in der kurfürstl. Kapelle sagt der Author S. 50: es wären Antiquen, worunter viele griechisch, einige römisch, einige wahrscheinlich aus den Zeiten der Mediccäer wären. Sicherlich ist der Author nicht im Stande, die griechisch geschnittenen Steine von den römischen zu unterscheiden. Größere Kenner, als er, würden sich dieses zu thun nicht getrauen. Ueberhaupt sind nur wenige Antiquen darunter, und diese unbeträchtlich. Die mehresten sind Cinquecenti, Steine aus dem sechzehnten Jahrhunderte, die damals statt der Edelsteine als Schmuck häufig getragen wurden.

Wenn ein Doktor wäre, Cinquecento größer, als gemeine Doktoren sind, von deren Reliquien eine wunderthätige Kinnlade die Geistlichkeit zu Verona bewahrt, verdiente er ein Monument aus korintischem Erze, wenn zu seiner Zeit Menschen

schen sich fänden, welche noch weniger weise sind, als er. Wer sagt, daß der **wahre griechisch** und **römische Styl** nicht deutlich und klar zu unterscheiden sey, wer die Abweichung des Styls zwischen **Homers** Bust und des **Cicero** nicht bemerkt, die Linien des göttlichen **Apolls** mit **Marcus Aurelius Commodus** vermischen kann, der versäume seinen Beruf nicht, gehe zum Töpfer, und lerne Sudelgeschirr drehen, und mische sich nicht in die himmlische Kunst. Dieses weis ich wohl, daß Griechen einstens in Rom waren, welche Edelsteine schnitten, aber darum waren die Kunststücke nicht römisch. Ich weis, daß in spätern Zeiten der griechische Styl gänzlich verfiel, und die griechischen Steine nicht mehr Werth hatten, als dazumal die schlechten römischen; allein diese Steine nenne ich auch nimmermehr griechisch. Ich bin gesinnt, alle Antiquen zu beschreiben, welche das kurfürstliche Haus besitzt; dann urtheilen vernünftige Recensenten, ob ich wahr geredet habe, oder nicht. Indessen getraue ich mir jedem ächten Kenner zu beweisen, daß hier einige ausgezeichnete Antiquen sind, dergleichen ich am ganzen Grabe der drey Könige zu Köln, einer der kostbarsten Sammlungen in der Welt, nicht gefunden habe.

Der

Der Christus aus Elfenbein, und die Abnehmung des Kreuzes in Wachs auf Schieferstein S. 51 dürften schwerlich von M. A. Bonarotti seyn.

Und damit glaubt also Recensent alles erschöpft zu haben. Ich dächte, er hätte uns noch anvertraut, ob der Kurfürst diese zwey Stücke von Geißlingen oder aus dem Zillerthale habe kommen lassen. Etwas bezweifeln, und ohne einen Grund darüber zu sagen, was durch grosse Summen an das kurfürstliche Haus gekommen ist, und noch kein Kunstkenner in den geringsten Zweifel gezogen hat, das waget nur ein Magister Senf aus Jena.

In dem Saale der Antiquen S. 157 sind die Busten gröstentheils modern, die übrigen Stücke gehören bis auf einige wenige zu den Anticalien.

Hiemit Gott empfohlen! ohne den geringsten zureichenden Grund anzuzeigen, daß hiesiges Antiquarium eine Sammlung nichtsbedeutender Dinge sey, und Maximilian der Erste sich sehr lächerlich gemacht habe, daß er dieser nichtsbedeutenden Waare zu Ehren einen so kostbaren mit vielem Marmor ausgelegten unterirdischen Saal habe bauen lassen, deßgleichen auch in Rom kein so prächtig theatralischer Anblick

blick ist. Doch, dem Leser, der auch das Kapitolium nicht gesehen hat, kann vieles dadurch schon begreiflich gemacht werden, daß viele Sachen hier aufbehalten werden, von Barelief und Busten weggeschlagen, deren Trümmer noch in Rom sind. Wenn Recensent die Geschichte wüßte, wie das meiste dieser Antiquitäten unter Albert dem Fünften hieher gekommen, sollte er die Augen weit aufreißen; allein für itzt will ich den Schwätzer in seiner Ignoranz stecken lassen, seine Korrespondenten aus München mögen ihm hierüber aus der Noth helfen. Indessen fodere ich einen ächten Antiquarius heraus, der bestrafe mich, daß ich schief geurtheilet habe, dann will ich meine Gründe entgegensetzen, und die Kennzeichen entwickeln, welche modern und antike Bilder unterscheiden; aber was will ich einem Elenden sagen, dem es am Reichthume der Kenntnisse fehlt? Einen Großvaterstuhl zu beurtheilen, auf dem eine Fratze geschnitten ist.

Bey Beschreibung der kurfürstlichen Gallerie in dem besondern Gebäude im Hofgarten schlägt der Author einen besondern Weg ein, um den Liebhaber mit ihren Schönheiten bekannt zu machen; er läßt nämlich den Geist der Erfindung, der Anordnung, der Färbung u. s. w. hervorgehen, und diejenigen Gemälde anzeigen, die in jeder dieser besonsondern Rücksicht Aufmerksamkeit verdienen. Diese Methode ist fehlerhaft; einmal, weil die Münchnerische Gallerie nicht vollständig genug ist, dem Liebhaber eine solche praktische Einleitung in die verschiedenen Theile der Kunst zu geben; zweytens, weil sich nur wenige Gemälde nach einem einzigen Hauptvorzuge klassificiren lassen, mithin auf ein und dasselbe zu mehrmalen zurückgeführt werden.

Wer einen Arm zu wenig hat, der thut wohl, wenn er den Rockermel in Busen steckt. Wem die Ohren zu stark hervorstehen, der bedecke sie mit einer schönen Perücke. Ein Grundsatz, welchen einige Recensenten in Jena entweder gänzlich aus dem Auge liessen, als sie meinen Kunstrecensenten kreirten, oder sie geben die üble Vermuthung von sich, daß ihr Kollegium der Aristokratie der Hinkenden gleiche, welche jeden mißhandelt, der gerade Glieder hat, und sich selbe nicht brechen zu lassen den Eigensinn behält. Ich dächte, eine systematische Einrichtung bestehe nicht in der Menge der Gegenstände, sondern in der klugen Anordnung derselben; die Anordnung erreicht aber dann ihre Vollständigkeit, wenn kein Gegenstand fehlt, welcher zur Begreiflichkeit des Systems gehört. Man braucht von jedem Fache nur ein auszeichnendes Stück, und mein ange-
nom=

nommenes System hat auch in einem Kabinete
Platz. Aber diese Methode ist fehlerhaft, sagt
Recensent. Wenn die Münchner=Gallerie
nicht vollständig genug ist, warum bemerket
denn das Stiefkind des Momus nicht, wo=
ran ihr fehlt? Daß sich nur wenige Ge=
mälde nach einem einzigen Vorzuge klaßifici=
ren lassen, das wäre der Beweis, daß die
systematische Einrichtung einer Gallerie am
deutlichsten in einer nicht gar zu zahlreichen
Sammlung zu erreichen sey. Wiewohl es wahr
ist, daß nicht zu viele der Meister sind, wel=
che nicht schon mehr, eben so, wie klaßische
Schriftsteller, ins Allgemeine tönen, haben
diese doch in ihrem Leben, besonders einige,
so viel Stücke geliefert, daß ein verständiger
Galleriedirektor gar wohl alle Fächer kompleti=
ren kann. Daß aber der Liebhaber auf eben
dieselben Stücke mehrmal zurückgeführt wer=
den mußte, ist eine sehr eitle Furcht des Re=
censenten, er bestättiget immer das Zeugniß,
wie sehr Fremdling in der Kunst er sey. Die
klaßischen Maler haben nur Einen Hauptvor=
zug, der ihnen den Rang giebt. Im Aus=
drucke herrscht Raphael, im Kolorite Ti=
tian, in der Harmonie Correggio, in ei=
ner gewissen Grazie Guido u. s. f. Ist
aber manches Stück dieser Meister in einem
Nebenvorzuge schätzbarer, als in dem Haupt=
vorzuge? Die Launen der Künstler waren nicht

C gleich,

gleich), dann gehört das Stück in das nächste Fach. Doch, die ausgesuchteste Gallerie wäre immer, wenn jeder Meister nach seinem Hauptvorzuge glänzte. So ists beynahe die einzige Gallerie zu Dresden. Doch, wo das beste Getreid ist, schlägt gewöhnlich der Hagel.

Wie das Gemälde des Dominichino, Hercules, der seine Kinder ins Feuer wirft, als ein Beyspiel des höchsten Geschmackes anders, als im guten Vertrauen auf den Namen des Meisters habe angeführt werden können, ist Recensenten unbegreiflich.

Jedem ist unbegreiflich, was zu verstehen er die Talente nicht hat. Meine Schuld ist es nicht, daß ein Männchen hier plappert, welches außer der Möglichkeit ist zu begreifen, wie man mit Kohle auf blau Papier zeichnen kann; Da hätten seine Kollegen klüger seyn sollen. Ich setzte hier die zween Dominichino als ein Beyspiel des höchsten Geschmackes in der Zeichnung; der Hauptvorzug des Dominichino besteht aber in einer zierlich richtigen Zeichnung. Indessen kann ich die Herren versichern, daß ich unter allen Lobrednern auf diese zwey Stücke noch einer der Bescheidensten sey; andere Kunstkenner gerathen bey Betrachtung dieser Stücke in eine seltene

Bege-

Begeisterung, und bewundern sich heiser über eine Menge anderer Vorzüge, die ich zwar nicht sehe. Jena soll einen Mann urtheilen lassen, der Zeichnung versteht, und auch die Schönheit der Zeichnung, und er wird nicht Eine Linie von meinem Urtheile abweichen. Aber wie soll ich mich gegen einen Menschen rechtfertigen, welcher nicht einmal für die Illuminirstube des lieben Herrgotts von der Wiese zu gebrauchen wäre?

Angehängt ist eine Karakteristik der Schulen, und der vorzüglichsten Meister: um sie gut zu entwerfen, fehlt es dem Verfasser an den ersten Kenntnissen.

Die Italiener nennen uns gewöhnlich nur Pferdköpfe, und befragen den Spiegel nicht, was auf ihrem Halse sitzt. Das war von jeher die Art des Stolzes, welche mit Unwissenheit verbunden ist, daß er Grobheiten sagt. Welche Portion Recensent von beeden empfangen hat, beweist dem geneigten Leser der Text. Wer jemand die Kenntnisse abspricht, soll Beyspiele anführen, welche beweisen, daß er selbe besitzt, daran es dem andern mangelt; aber die Dummheit beweist mit Ohrfeigen.

Von dem kostbaren Modelle der trojanischen Säule, der Kurfürst kaufte es, zuverläßigen Nachrichten zu Folge, für 6000 Zechinen; kann man nicht S. 357 sagen, daß es ein korrektes Denkmal sey. Die Figuren sind viel zu klein, um bestimmt gezeichnet seyn zu können. Das Ganze ist ein prächtiger und geschmackvoller Schmuck, welcher sich aber über die Klassen künstlicher Handwerksarbeiten zu wenig erhebt, um mit dem Verfasser zu wünschen, daß Teutschland viele solche Denkmäler des französischen auf italienischen Geschmack geimpften Luxus enthalten möchte.

Eine Säule von Troja, dächte ich, sey noch mehr werth: ich würde diesen Verstoß als einen Druckfehler ansehen, wäre ich nicht überzeugt, daß man in Sachsen immer die genauesten Korrekturen nach dem Manuskript mit typographischer Schönheit verbinde. Ein Vorzug, welcher zwar, ich gestehe es, uns sehr mangelt! ihnen dabrinn aber um so nothwendiger wird, als ihre itzige Litteratur meistens nur Faseley ist, die einer Coquette gleicht, welche unter Ludwig XV. brillirte. Ich muß also mit Grund glauben, Recensent verstand es wirklich nicht beßer, ihm, diesem Kunstkenner, sey Kaiser Trajans Säule nur unter dem Namen der trojanischen bekannt. Daß Recensent so genaue Nachrichten von dem

Preise

Preise des Kunststückes hat, ist ein Beweis, daß man ihm sehr geheime Nachrichten von München übersandte, denn hier habe ich noch von Niemand gehört, daß man so bestimmt weis, was die Säule gekostet habe. Wenn die Ursache schon hinreichend ist, warum ein Denkmal nicht korrekt seyn kann, weil die Figuren klein sind: dann sind die berühmten Ausgaben des Herkulanus, und der etrurischen Gefäße sehr geringe Werke, weil sie aus sehr kleinen Figuren bestehen: alle antiquen Gemmen und Münzen sind des Abdruckes nicht werth, und es ist eine große Thorheit, sich diese kostbaren Sammlungen anzuschaffen; denn die Figuren sind nur einige Linien hoch. Das Kollegium zu Jena sollte Recensenten zum Antiquarius erschaffen, ich wollte ihn mit einem Kristophel des achtzehnten Jahrhundertes beschenken, und er gäbe mir all den Plunder hin, auf den Latium und Griechenland einst eben so stolz waren, als auf die Kolossen ihres Herkules und der Flora. Recensent nennt diese Säule einen geschmackvollen Schmuck, gleich darunter französischen Geschmack auf italienischer geimpft: wir da zu München nennen dieses Widersprüche, und glauben, der, welcher sich Zeile unter Zeile widerspricht, mußte nicht wohl bey Kopf seyn. Ein Mensch, welchem das Maß zu hoch ist, an dem man Rekrutten

mißt,

mißt, sollte sich nicht beygehen laffen, eine
Feldmartersäule zu beurtheilen: Geduldiger
Himmel! was will er mit der Säule Trajans!

Es bleibt uns noch übrig, die schlech=
te Schreibart in diesem Buche zu bemer=
ken. Es giebt keine Art von Tadel, den
der Verfasser nicht in dieser Rücksicht
verdiente. Man findet hier eine fehler=
hafte Orthographie. Bust, Säul, Pfy=
chologi, Allegori, estetisch, Quido, Bron=
zo, Seele, Stück für Seele, u. dgl. gram=
matikalische Unrichtigkeiten: Erhaltet es,
für, Erhält es; gemalen, für gemalet.

Es scheint, ein Blinder bemühe sich, mir
vom Auge den Staren zu stechen: also muß
man Stück für Seele schreiben: oder ist die=
ses auch wieder ein Korrektur=Verstoß? Doch,
ich will nicht Mücken spießen, wie die Recensen=
ten aus Jena; ich sage ganz kurz allen Herren und
Frauen, welche nichts Beßers wissen, als über
Orthographie zu kritteln: mein Verleger be=
zahlte mir für jeden gedruckten Bogen nicht volle
zwey Gulden. Daraus wird sich leicht schließen
lassen, daß ich einen Korrektor nicht vornehm
besolden konnte; mir aber bleibt hiezu keine
Zeit übrig, und der Author übersieht ohnehin
das Meiste: auch sind unsre Buchdrucker
keine Dervis von Konstantinopel, welche die
Katzen

Katzen futtern par charité, wo sich eine Menge Randitaten des Magens willen versammeln, deren sublimste Wissenschaft Korrigiren ist. Indessen weis ich wohl selbst, daß viele Kunstwörter und Namen der Künstler in meinem Buche verfehlet sind, allein, das ist einem Korrektor um so weniger zu verdenken, der aus Profeßion kein Kunstrichter ist, als dieses Fach selbst die Herrn aus Jena nicht verstehen, welche doch mit Universal-Kenntnissen Gewerbe treiben, und die Superintendenz über die ganze Litteratur sich zum Beruf und Brodzweig gewählet haben. Gewisse Worte aber, welche meinem Recensenten so viel Unwillen verursachen, behaltet, gemalen, Allegori, Psychologi, u. s. f. setzt ich mit Absicht nach diesem Klange; unten wird die Ursache folgen.

Bombast und kadenzirte Prose: Man sehe die Beschreibung des Bethlehemitischen Kindermordes S. 287.

Die Weise, Empfindungen auszudrücken, wie selbe auch ihren eignen Gang nimmt, ist nicht tadelhaft, oder wir müssen auch Klaßiker verwerfen, sonderbar jene, welche sogar Oden in Reimen schreiben: denn dieses scheint wirklich ein Mißwachs der Poesie. Indessen hat jeder Maler eine andere Manier, wenn er nur durch

selbe

selbe die Natur wohl ausdrückt. Ob ich dieses geleistet habe, ob in meiner Beschreibung ein Reichthum der Gedanken herrsche mit bestimmter Bedeutung, das hätte Recensent auseinander setzen sollen. Wer sein Studium nicht weiter bringt, als daß er immer sklavisch kopirt, auf den ist die Fabel des Schneckens geschrieben, welcher sich am Fußgestelle versprach, nach Verlauf von tausend Jahren die Spitze des Obeliskus zu begeifern. Indessen habe ich die Ehre, den Herren von Jena zuzusichern, daß ich es mit allen, wie sie sind, samt und sonders, aufnehme, sie sollen an mir alle ihre poetischen Kräfte versuchen, ich will sie mit meinem Bombast und kadenzirter Prose jagen, daß sie Haarbeutel und Sole verlieren.

Elende Empfindeley! ich sehe van Dycks Gemahlinn, die Sanfte Rutens und Schmelze.

In Wahrheit, wer die meisten Sachsen liest, sollte glauben, die Herzen der Menschen wären alle aus lauter Butter gestaltet, so leicht lassen ihre Dichterleins bey ihren papierenen Flammen sie schmelzen, sie zergehen in Seen und Flüsse, auf denen Kupido mit seiner Ordinari auf- und abfährt. Es ist keine Gattung elender Empfindeley, welche sie nicht

erfun-

erfunden haben, und in der Abgeschmacktheit ihrer Liebeserklärungen, mit denen ihre Briefsteller, Komödien= und Romanenschreiber, und andere winselnde Geschöpfe, den Menschenverstand nothzüchtigen, übertrifft sie kein Teutscher; wenige ausgenommen, besteht itzt das ganze Handwerk ihrer Schönschreiber in elender Tändeley, sind Blumenbüschleins=Binder, und Federhannsen=Lebkucher. Betreffend die Thoren der Dichtkunst, welche uns da außen mit dem Eckel ihrer Zärtlichkeit quälen, haben wir bloß ihnen zu danken, weil sie die Buckligten aus Damascus als wohlgestaltete Menschen ansehen. Steht das Wort an seinem rechten Platze, so ist selbes keine elende Empfindeley, oder wir müssen Klopfstock und Geßner wegwerfen. Hätte Recensent nicht ein abgerissenes Bruchstück, sondern meine ganze Beschreibung des schönsten Gemäldes unsrer Gallerie hergesetzet, ich dächte, der Ausdruck wäre den guten Geschmack nicht beleidigend. Doch, der besehe das Bild selbst, welcher für das Feine des Ausdruckes inniglichesSeelengefühl hat. Allein, die Augen, welche Gallerien anschauen, sind verschieden: giebt Adlersaugen, Taubenaugen, Affenaugen: urtheile, lieber Leser! mit welchen mein Recensent gesehen hat, wenn er die Münchner=Gallerie doch gesehen hat.

Nie=

> Niedrige Ausdrücke: Das gefangene
> Frauenvolk des Darius; Julius Cäsar,
> der der Schale Bitterkeit, welche den
> Römern damals die Monarchie zu rei-
> chen schien, in süßes Honig einmachte.

Wer Carl le Brüns Tafel sieht, Sisigam-
bis zu den Füssen des Darius, wird wissen,
warum ich das gefangene Frauenzimmer ein
Volk nenne. Julius Cäsar aber that sehr wohl,
daß er den bittern Gedanken an die Monar-
chie den Römern zu versüssen wußte: ich führte dieses als ein Beyspiel an, daß uns die
Sachsen ihre Brechmittel künftig auch gelin-
der eingeben möchten.

Also schließt Recensent, und läßt jeden
frey das übrige schimpfen, durch ein &c. &c.
graeca selbst hinzuzudenken. Vor ich schließe,
will ich noch eine andere Recension aus eben
der allgemeinen Litteraturzeitung vom 8.
Oktober 1788 beyfügen.

Augsburg bey Wolff. Hauslegende,
oder Feyerstunden eines Christen. Erster
Band, von Joseph Sebastian Rittershausen.

Es ist eine poetisch-prosaische Erzäh-
lung des Lebens Jesu; und man kann,

wenn

wenn man von den sehr wichtigen Einwendungen absieht, die sich gegen diese Form im Allgemeinen machen lassen, welche zu den Zwitterformen gehört, die Geschichte, Poesie und Lehrvortrag auf eine für den guten Geschmack unerträgliche Art mit einander vereinbaren, obgleich des Verfassers Deutsch im baierischen Dialekt und unrein ist, dennoch sein Werk als Dichtung betrachtet in Absicht der Erfindung und des malerischen Ausdrucks sicher neben Lavaters Meßiade, und über Pfenningers jüdische Briefe stellen.

Ich weis nicht, wollten die Herrn aus Jena mir ein kleines Kompliment machen, nachdem sie mir Prügel antrugen, oder glaubten sie, daß der, welcher die Merkwürdigkeiten schrieb, des Authors der Hauslegende jüngerer Bruder Stockfisch sey? Sie sagen zwar, daß diese Form zu den Zwitterformen gehöre: das gestehe ich vollkommen ein, nur mit dem Beysatze, daß Geschichte, Poesie und Lehrvortrag jedes ein abgesondertes Ganze ausmache; wie ich wirklich gesinnt bin, wenn das Werk merklicher fortgeschritten ist, die Poesie ganz allein verbessert herauszugeben. Indessen, meine ehrenwerthe Herrn! wer nöthiget uns, in diese abgeschmackten Maskeraden zu schlupfen? Ich

sehe

sehe manchmal schöne Bildungen junger Frauenzimmer, allein, ungeheure Aufsätze, wie die Almanachs von Gotha weisen, verunstalten sie, und setzen sie unter die lächerlichsten Karrikaturen. Die Modeprochurgelehrsamkeit, welche ihren Hauptkrammladen in Sachsen hat, ist die Revendeuse à la toilette, welche einem jeden, der auf der Vbrse des Buchhandels erscheint, seine Kappe vorschneidet. Ein Werk, das nur nach der Dogmatik riecht, kauft auser einem alten Landpfarrer niemand, der Name schon ist der unverzeihlichste Mißklang unsrer priesterlichen Schöngeisterey: Geschichten über das Leben Jesu sind ihrer schon so viele: bloße Poesie ist für die Gemeinde zu hoch, und Poesien von Jesu sind gar nicht die Poesien, die man liebt; Und dann, wenn ich an Vater Klopstock denke, wie er mit seiner Meßiade betteln gieng, fährt mir immer Schauer durch die Seele. Meine Absicht ist nicht, Philosophen zu bekehren, die wissen schon alles, und aus Respekt gegen sie gehts mir, wie dem armen Aesop: Weißt du schon alles, sprach er, so ist es billich, daß ich nichts mehr weis. Schurken mag ich auch nicht predigen: es ist nicht allzeit klug, Martyrer zu werden. Ich schreibe für die mittere Klaße der Menschen, welche durch Erziehung, Lektür und Beyspiele, nicht aus Bosheit des Herzens, in den Grundsätzen der Religion verdorben sind, diesen

wünsch=

wünschte ich das Evangelium, die beste Lehre der Menschheit, auf eine angenehme, durch ihrer Verschiedenheit unterhaltende Weise, ans Herz zu legen, und sie in den Stand zu setzen, die unächten Grundsätze gegen Religion und Sitten, mit welchen uns die Leipziger = Meße jährlich zweymal Epidemie sendet, selbst zu prüfen, und zu beurtheilen. Vor Zeiten war es dem Weisen keine Schande, sich in eine Hofnarrenjacke zu stecken, um Wahrheit zu sagen, um so weniger schäme ich mich, in einer Zwitterforme, die ich willkührlich annahm, und seiner Zeit wieder wegwerfe, meiner Religion zu dienen; die Herrn aus Jena mögen nun diese Weise erträglich für den sogenannten guten Geschmack, oder unerträglich erklären, gilt mir einerley: wenigstens weis mein Recensent gewiß nicht, was Geschmack sey: an dem wäre der Salzgeist verschwendet.

Wegen dem unreinen baierischen Dialekte erinnere ich nur, daß dieses die allgemeine Klage vieler Ausländer ist, wenn sie einen Schriftsteller aus Baiern censiren: ist so eine gewisse Verachtung, welche sie der Nation bedenten. Jedes Land hat seinen eignen Dialekt, aber ich muß gestehen, der ich zwar kein Baier bin, aber es mir zur Ehre rechne, unter vielen baierischen Gelehrten zu leben, daß mir der affektirte Sachse der Unerträglichste aus

allen

allen ist, der mit seinem Sibboleh beständig aus der Nase pfeift, und mit der Brust, wie der Muselmann mit seinem Allach, auf = und abwärts stößt; er hat sich unter allen die sonderbarste Komposition gegen die Natur gemacht. Gewöhnlich enthalte ich mich überhaupt aller Nationalworte, wenn nicht ein unabsönderlicher Ausdruck damit verbunden ist: außer den Regeln des Wohlklanges aber, den die Natur einem harmonischen Ohre giebt, erkenne ich keinen orthographischen Ton, ich bin hierüber mein selbst eigener Richter, ohne mich durch die Drutenfüsse irre machen zu lassen, welche die Orthographisten, wenigstens alle fünf Jahre, umändern, dann auf ihre Windfahnen neue Regeln schreiben. Aus dieser Rücksicht lasse ich auch die Vokalen in meiner dichterischen Prose elidiren: um das Eintönige zu vermeiden, leg ich dem Adjektiv eine andere Endsylbe bey, als dem Substantiv, wenn sie gleiche Laute haben, u. s. f. Diese bis itzt noch sehr ungewöhnliche Art verursacht in meinen Büchern nothwendiger Weise die meisten Druckfehler, hie und da einen stropirten Sinn, oder auch wirklich Mißklang, falsche Zwischenzeichen, u. s. f. weil sie dem Setzer und Korrektor theils noch nicht geläufig ist, theils weil ich in vielen Stücken den alten Schlendrian, an welchen der Pöbel der Orthographisten schon zu sehr gewöhnt ist, noch beybehalten muß.

Ich

Ich hoffe das Leben Jesus in einer Ausgabe zu liefern, wo ich mir die Zeit nehmen werde, diesen neuen Versuch mit Auswechslung alles Unschicklichen rein vorzulegen. Indessen die Fehler des Dialekts sollten mir nicht viele Unehre bringen, weil ich so gut als Lavater schreibe, der auf holländisch Papier gedruckt ist, und beßer als Pfenninger, welcher so kostbar gestochen in Kupfer ausgeht. Im Grunde hieße der geringe Tadel des Recensenten nur so viel: Rubens hat nicht fein genug seine Farben gerieben, und öfters auf ein schiefes Brett gemalet. Jemand anderer würde sehr stolz auf diese Recension seyn. Ich bin untröstlich — weil mich Recensenten aus Jena gelobt haben.

Ich habe nichts mehr anzumerken, als daß die Herrn Recensenten zu Jena sich künftig anständiger betragen möchten, wenn sie doch der Litteratur Pritschenmeister noch forthin bleiben wollen. Daß sie die Leute nicht haben, welche von jedem Fache gründlich urtheilen können, beweist beynah jeder Bogen ihrer Zeitung; dafür sollten sie aber doch Spaßmacher halten, welche einen für sein baares Geld zum Lachen bewegen; ich habe Marktschreyer gekannt, welche ihre Pillen und Augenwasser ganz wohl an den Mann brachten, wenn sie nicht Hannswursten hatten, wie

Gott

Gott will. Oder haben ſich vielleicht die Herrn meine Recenſion von München ſchicken laſſen? Gewiſſen Sonderbarheiten nach ſollte es faſt ſcheinen. Für ſo ſchmutzig halte ich ſie nicht, daß ſie jeden, den es ankömmt, in ihrer Boutique — — verrichten laſſen.

Ich hoffe künftig in ihren Recenſionen mehr Beſcheidenheit, wenn ich auch keine Gründlichkeit zu gewarten habe, oder ſie nöthigen mich, ihnen zu Ehren, eine Dunziade zu ſchreiben, die ſie ganz gewiß berühmter machen ſolle, als die allgemeine Litteraturzeitung von Jena.

Nachtrag.

Aber auch die Recensenten von Göttingen bellen mich an. Was Unwissenheit, Stolz und Windmacherey betrifft, sind diese mit denen zu Jena ganz ächte Brüder Eines Ordens; was die Höflichkeit betrifft, so dürften sie zwar auch unter Teutschlands Recensenten zum Kennzeichen eine Pistole tragen; doch sind sie ein wenig geschmeidiger, das ist, die Grobheit stehet ihnen beßer an; ihre Schreibart ist nicht ganz ohne Salz, sie haben die Faust mit einem ledernen Handschuhe bezogen, welche sie einem unter die Nase halten. In ihrer gelehrten Anzeige vom 14ten Februar 1789 sagen sie Folgendes:

München besitzt einen solchen Vorrath von Werken, sowohl der alten, als der neuen Kunst, daß eine genauere Nachricht davon, als man bisher hatte, ein angenehmes Geschenk für jeden Liebhaber seyn mußte. Es kam nur darauf an, daß eine solche Arbeit einem Manne in die Hände fiele, der ihr gewachsen war; bekanntlich keine so leichte Sache, da unsere Künstler gewöhnlich eben so wenig schreiben,

ben, als unsere Gelehrten malen können. Wir sind in der That verlegen, zu welcher Klaße von beeden wir unsern Verfaſſer rechnen ſollen; ſeiner Schreibart nach würden wir ihn für einen Künſtler halten, wenn nicht manche ſeiner Reſonnements den Gelehrten zu verrathen ſchienen.

Recenſent aus Jena iſt überzeugt, daß ich die Lobeserhebungen unſerer Kunſtſtücke ſehr überſpannet habe, ſeinem Sinne nach wäre eben nicht viel Weſens daraus zu machen, zumal, da ſeiner Kunſtkennerey-Herrlichkeit einige unſerer beſten Werke, vorzüglich die Antiken, zum Nichts herunterſetzet. Die Göttinger hingegen ſind von einem ganz edeln Enthuſiasmus durchdrungen, und ſchicken ihrer Recenſion zu Ehren der Reſidenzſtadt gar ſeltene Lobſprüche voraus. Was Recenſent von Jena Ungeſchicktes ſagt, iſt alſo eine ſeinen Kollegen zugerechnete Sünde, denn er ſpricht allein in ſeinem Namen: Recenſent von Göttingen, vermuthlich ſeiner Kritik ein beſonders Anſehen zu geben, führt die Courtoiſie wir: mithin was Er ſagt, ſagen alle durch Ihn, und was man Ihm ſagt, gehört für alle. Ich bitte daher allerſeits heraus zu nehmen: Sie belieben es mit einander im Frieden zu theilen.

Wenn

Wenn es keine so leichte Sache ist, eine Arbeit, wie ich that, vor die Hände zu nehmen, da unsere Künstler eben so wenig schreiben, als unsere Gelehrte malen können: und die Herrn von Göttingen sich unterstehen, in Kunstsachen zu entscheiden, werden sie wohl Gelehrte seyn, und doch wenigstens malen können: oder sie unterzögen sich wirklich einer Arbeit, der sie nach ihrem eignen Ausspruche nicht gewachsen wären. Und das wird auch sehr gut seyn, denn ich bin von der Richtigkeit dieses Grundsatzes vollkommen überzeugt, daß ein Gelehrter allein eben so wenig in Kunstsachen urtheilen könne, als allein ein Künstler im wissenschaftlichen Fache, sondern gleichwie sich in den wahren Werken der Kunst, Wissenschaften und Künste vereinigen müssen; muß der Author und Recensent allerdings von beeden eine genaue Kenntniß besitzen. Daher all das Elend, das Leßing in seinem Laokon der Welt geliefert hat, welcher auch hier, als er die Bilder zu Schleißheim besah, weit weniger Kenntniß verrieth, als sein Lehenlakey, der auf den Zehen ihm nachschlich.

Sie sind ganz in Verlegenheit, zu welcher Klaße von beeden sie den Verfasser der Merkwürdigkeiten rechnen sollen. Ich will sie aus der Verlegenheit ziehen. Ich bin Maler, und begab mich auf die Wissenschaften: von beeden machte ich Profeßion seit meinen ersten Jahren der Jugend. Mich soll es also herzlich freuen, wenn in Göttingen jemand der Gedanke beyfiele, die Malerey mit jeder Gattung Wissenschaft zu vereinigen; doch ich bin darüber unbekümmert, daß auch nur ein einziger aus allen Recensenten das Steißbeinlein zu zeichnen vermag. Wie weit ich es aber in beyden Fächern gebracht habe, das mögen andere entscheiden: doch steht eine starke Vermuthung für mich, daß ich nicht ganz ohne Verdienste sey, weil die Leidenschaft mich zu verkleinern mit so ein paar grossen Augen aus beeden Recensionen heraussieht. Einstens verirrte sich ein Pferd, und kam zwischen eine Heerde Esel, diese schlugen mit ihren Hufen selbes wund: denn das Pferd hatte beßern Bau und kleinere Ohren.

Man glaubet sich, wenn man sein Buch liest, noch in die Zeiten versetzt, wo man die teutsche Sprache nur bloß nach dem Gehör schrieb, und wo die Regeln der Grammatik noch wenig oder gar nicht bestimmt waren: der baierische Dialekt zeigt sich in jeder Zeile, und die Anzahl der Sprachfehler ist nicht geringe.

Vielleicht waren jene Zeiten für die Sprache die glücklichsten, denn die meisten Regeln sin d bloß willkührliche Kapritzen, welche frostige ge Grammatiker zusammendachten. Der Erfinder einer guten Sprachkunst muß in seiner Art eben die Empfindungen haben, wie jener, welcher den Apoll, Laokon, die Venus verfertigte; denn beede können nur ihre Regeln in Einem suchen, nämlich in der Empfindung erweckenden Natur. Doch, Ihr werdet mir sagen: Gerade solche Männer sind wir. Aber saget mir: was wäre Phidias, und Apollonius, und Praxiteles gewesen, wenn sie jede Olimpiade neues Ebenmaß, neue Zeichnung, neue Muskeln, und neue Ausdrücke gewählt hätten? Muß man nicht gestehen, sie wären Pfuscher, keine Künstler, gewesen, welche noch von keiner Gründlichkeit der Regeln überzeugt waren, und sich bloß einander über die Natur Räthsel aufgaben? Gerade solche Männer seyd Ihr. Eure Regeln der Mundart und Schönschreibkunst sind wie die Numern der Lotterie, auf welche sich nur ein Thor verlassen kann. Wollte Gott! Ihr würdet eine Olimpiade ausharren; jedes Quartal bringt eine neue Grammatik zu Markte, ihr Leben ist nicht länger, als das Leben eines Buttervogels; Orthographie und Sprache wechseln mit jedem Monde. Ihr habt also wohl noch keinen sichern Grund, worauf Ihr Eure Schneemännchen setzet. Ich sage: Der Wohlklang allein, nach der Natur der Dinge bemessen, ist der Sprachkunst Gesetz: dieses zu befolgen gehört harmonisches

nisches Ohr dazu, ein gesunder Verstand zu unterscheiden, und ein Herz, das Empfindung hat. Wißt Ihr eine beßere Regel, sagt sie. Alles daher, was in diesem Fache nur Pedanterie erfand, ist eben so lächerlich, als was ein abgenutzter Theolog in seiner Casuistik über die Leidenschaften schreibt. Ein selbstdenkender Mann kann sich also von Papageyen, welche selbst erst plaudern lernen, keine Regeln vorschreiben lassen.

Aber der baierische Dialekt! was dieses doch den delikaten Ohren vieler Ausländer, welche übrigens gern unser gutes Bier trinken, und unsere guten Würste essen, Unerträgliches ist! Wenn die Baiern Verstand genug haben, weit beßer zu schreiben, als viele Ausländer gethan haben, so lasset ihre Mundart nur gut seyn, die Hauptsache kömmt doch auf den Kern und nicht auf die Schaale an. Ihr rühmet Euch der besten Mundart, und schreibet beynahe am schlechtesten: denn bey Euch ist itzt die solide Litteratur im Verfalle, wie in Italien, einst ihrem Vaterlande, die Kunst. Aber auch der Baiern ihr Urtheil ist gesund und lauter, denn sie probiren an Euern gelehrten Anzeigen schon wirklich das Brenneisen.

Unverzeihlich ist der poetische Bombast, in den er sich manchmal hüllt, und
in

in einigen Stellen darüber vollkommen unverständlich wird. Einen Beweis davon giebt gleich die Zueignungsschrift.

Die Weise war bis itzt noch nicht in Uebung, Poesie mit ganz einfachem Vortrage so zu vermengen: ist sie darum fehlerhaft? Die Korinthier und Dorier setzten ihre zierliche Bauarten öfters auf ganz einfache Sockel, wohl wissend, wie viel jene dabey gewinnen. Die alten Griechen schämten sich nicht, Prosa mit Versen, mit Chören ihre Spiele, die Deklamation mit dem Liede zu vereinigen; was haben die neuen Schauspieler in Sachsen dagegen einzuwenden? Und ich soll mich von Schwärmern in meinem angenommenen Systeme irre machen lassen, welche Gouverneurs der Litteratur sind, wie Sancho Pansa der Insel war? Ich wagte es, den Styl mit den Gegenständen zu wechseln: fordert ein Gegenstand meine Einbildung auf, dann laß ich ihr den Flug; erregt er Empfindung, kann ich nicht kalt dabey bleiben; ist der Weg flach und bilderleer, wandle ich auch, ohne mich aufzuhalten, fort. Das Einerley ermüdet immer, und wäre auch Orpheus der Compositeur einer Opera Seria. Uebrigens, daß ich Ihnen öfters unverständlich bin, gebe ich gar gerne zu: denn Sie verstehen das Fach auch nicht, in dem ich schreibe.

In der Einleitung giebt der Verfaſſer eine kurze Theorie der ſchönen Künſte, in der man zwar den Mann erkennt, der ſelbſt zu denken verſuchte, aber weder tief genug dringen konnte, noch mit den Bemerkungen anderen Gelehrten über ſeine Gegenſtände bekannt war.

Nach ihrer eigenen Anmerkung wird allerdings erfordert, daß diejenigen, welche in dieſem Fache zu ſchreiben ſich erkühnen, beedes zugleich, Kunſt und Wiſſenſchaft, beſitzen ſollen; darum laſſe ich mir von ihnen ohne Grund das Vermögen ſelbſt zu denken ſo lange nicht abſprechen, bis ſie mir erſt verheißen, daß ſie ihr Examen aus der Logik machen, und ein Kreuz über ein Ey zeichnen lernen: haben ſie ihren Concurs durch mehrere Jahre ausgeſtanden, dann fangen ſie an zu rathen, warum ein Schenkel des Antinous länger als der andere ſey? Daß ich mich aber mit den Bemerkungen anderer Gelehrten hierüber nicht bekannt mache, iſt die Urſache, weil ich, einige ſehr wenige ausgenommen, die ſich an den Fingern zählen laſſen, die ſie aber ganz vermuthlich höchſt dem Namen nach kennen, nicht einen einzigen weis, welcher in dieſer Sache gründlich geſchrieben hat. Jene kann ich recitiren, nun ſoll ich mit Schwätzern die Zeit verderben?

Die

Die Beschreibung der Kunstwerke selbst ist nach den Orten geordnet, wo sie aufbewahret werden. Zuerst die kurfürstliche Burg, dann die vornehmsten Kirchen, der Saal der Alterthümer, und endlich die kurfürstliche Bildergallerie. In der Burg sind für die Kunst der sogenannte Bildersaal, und die kurfürstliche Kapelle merkwürdig. Jene enthält mehrere Kunstwerke, theils von Rubens, theils von mehreren Italienern; diese ist bekannt wegen den vortreflichen Gemmen, mit denen einige kostbare Gefäße, und selbst sogar ein Positiv, besetzt sind. Sie sind theils modern, theils antik; man sieht, es fehlte unserm Verfasser an Kenntniß, sie zu unterscheiden, und zu beurtheilen; wenigstens haben wir ein Verzeichniß der vornehmsten erwartet.

Der sogenannte Bildersaal. Soll man ihn etwa den Porcellansal nennen, weil er von unten bis oben mit Bildern behangen ist? Die Gemmen, welche die Herrn von Jena unbeträchtlich nennen, sind in den Augen der Göttinger vortreflich. Wer unter beyden hat recht? Diese Frage läßt sich nur alsdann lösen, wenn zuerst beantwortet ist: Wer unter beyden versteht's? Mir fehlt es, sagen die Göttinger, an Kenntniß, sie zu unterscheiden

und

und zu beurtheilen: so sagen sie, und beweisen nichts. Und ich sage: ein Obelisk kann umgekehrt auf einer Nußschaale stehen, was haben wohl die hochweisen Herrn dagegen einzuwenden? Sie haben ein Verzeichniß, wenigstens der vornehmsten, erwartet; das werden sie auch sehen, allein der Raum in den Merkwürdigkeiten war zu klein. So viele vornehme Gemmen haben wir: daß wir auch eine Orgel zu Göttingen, die vermuthlich ein Negativ ist, besetzen könnten.

Die an der kleinen Orgel befindlichen sind von keinem großen Werthe, beßer sind die an der Monstranze. Es sind ihrer 24, alle Antiken, und zwar Kameen. Es sind Bachanale, Amorine, und selbst auch eine Leda. Die schönsten Stücke aber sind sechs grosse Köpfe, drey männliche, und drey weibliche, an einem Reliquienkasten; und der schönste unter allen ist der Kopf eines griechischen Philosophen. Wir möchten doch wissen, aus welchem Grunde der Verfasser diese Stücke für römische, und nicht für griechische Arbeit hält?

Hatte der Zufall wirklich jemals einen Recensenten von Göttingen nach München geschleudert, welcher seinen Kollegen über obige
Punkte

Punkte Bescheid gab, so ist er ganz zuversicht=
lich blind gewesen. Hat ihnen aber Jemand
aus München, wie ich nicht daran zweifle, die=
ses geschrieben, dann sagen sie dem Schuax=su=
bens=mundus zurück, daß er nach unserem
Dialekte gelogen habe. An der Monstranze
ist nicht eine einzige Antike, unter den sechs
Köpfen sollte niemand von einem griechischen
Philosophen etwas träumen, wer diese Män=
ner auch nur aus Holzschnitten kennt, und
außer diesen Köpfen ist unter mehreren schö=
nen Antiken gerade an der Orgel der größte,
und schönste Kamee. Es war ein Mann, der
hieß Ulrich, der sprach gar vieles vom Tyroler=
Weine; Du hast doch wohl einen getrunken?
fragte sein Nachbar zum Ueberfluß: Nein,
Marks! war die Antwort des Weinrecensenten,
aber meines Vaters Bruder hat sehen einen trin=
ken. Sie haben so etwas gehört —

Sie fragen mich um den Grund, warum
ich die sechs Köpfe für römische, und nicht
griechische Arbeit halte? Sagen Sie mir zuerst,
warum der spanische Pfeffer scharlachroth und
nicht himmelblau sey? Ein Leser mit beßerem
Kunstverstande wird mich einnehmen, wenn ich
ihm sage: der Styl der Römer blieb immer
mühsamer, wie jener der Griechen: die Pro=
portionen standen merklich ab; die Römer wa=
ren niemals ohne Karikaturlinien, sie haben
das Ueberflüßige nicht zu vermeiden gewußt,

weil

weil sie der Schönheit nie so gewiß waren, wie der Grieche. § Sie aber, meine Herrn! wollen erst den Himmel um Mirakel bitten, daß ich Ihnen so verständlich werde, wie der Wundersmann Antonius, welcher den Fischen predigte.

Um nichts beßer sind die Nachrichten der Antikensammlung. Sie sind höchstens als Verzeichniß brauchbar. Den grösten Schatz dieser Sammlung machen die Buste aus: besonders die Folge der römischen Kaiser und ihrer Familien. Unter den Statuen verdient bloß ein schlafender Amor ausgezeichnet zu werden.

Das, was die Recensenten von Jena für modern halten, bewundern die Göttinger als einen Schatz der Antiken. Ich habe einstens auf hiesiger Gebnachtdult zween Waldhäunsel gesehen, einer stand auf der Bühne, der andere predigte zum Fenster hinaus: einer rühmte sehr hoch die China China, der andere gegenüber verachtete sie: beede kannten aber vermuthlich die Wurzel nur vom Hörensagen. Wer unter beeden war nun der größere Doktor? Weil die Göttinger mein Buch nicht gelesen haben, so will ich ihnen doch sagen, was darinn steht. S. 158: die vornehmsten Kunststücke sind mit einem Sternchen bezeichnet. Das sind aber

aber lauter Buste, welche also bezeichnet sind.
190: Man sieht beynahe die ganze Römergeschichte lebend vor sich, allein ich betrachte bloß das Kunstfach, und überlasse die weitere Entzifferung der Namen, und die Beschreibung der übrigen Bruststücke, so zur Geschichte gehören, dem Alterthumsforscher. 192: In den Nitschen des großen Eingangsportals: die Buste der beeden Laokon. Unten ein schlafender Kupido. Hier muß ich anmerken, daß noch zween schlafende Amors hier sind, in allem also drey: des einten that ich Meldung 191: der andere, an welchem der Stein das Schönste ist, liegt unter den Staffeln des kleinen Eingangs. Weil diese Statue eine der entbehrlichsten des Antiquariums ist, halten die Göttinger ohne Zweifel diese für die beste. Uebrigens außer dem schlafenden Amor unter dem großen Eingangsportale sind nicht nur mehr Statuen, welche ich in meinem Buche schon angemerket habe, einer vorzüglichen Betrachtung würdig, sondern die Diana Ephesus, der Jupiter aus Marmor, und eine und andere noch lassen den bessern Amor, den aber die Göttinger ganz gewiß nicht kennen, weit hinter sich. Glauben aber die Herrn, ich thu ihnen Schimpf an, daß ich ihnen eben so rund jede Kunstkennerey abspreche, so haben sie die Gütigkeit, und sagen sie uns, in was die Schönheit ih-

res Amors, den sie allein rühmen, bestehe: aber ich bitte sie, sagen sie es selbst, und sind sie nicht das Sprachrohr eines andern; es könnte seyn, daß sie vielleicht doch ein klein wenig klüger wären als ihr Korrespondent. Unwissender können sie nicht wohl seyn. Waldhannsel sprach gleichwohl von der China China, er wußte dem Ding den rechten Namen zu geben, sie aber reden nur so immer noch von der Wurzel Radix.

Etwas beßer ist unser Verfasser in der neuen Kunstgeschichte bewandert, er zeigt wenigstens, daß er ein Studium aus ihr gemacht hat, und das Eigenthümliche der verschiedenen Maler ziemlich kennt.

Ziemlich kennt. Eine gar grosse Ehre für mich, daß sie mir doch so vieles noch in Gnaden zusichern.

Wenn ein einziger aus den Göttinger-Recensenten über die Kunstgeschichte gesundes Urtheil abzugeben vermag, das Eigenthümliche der Maler kennt, und die karakteristischen Züge der bildenden Künste, dem mache ich eine Schlittenfahrt nach dem Monde. Stünde es nicht gedruckt, wir hätten freylich Hanns Nord in Göttingen nicht gesucht. Aber auch recht so: trompetet immer ins Ausland, ihr seyd Kamele, und könnt durch ein Nadelloch schlupfen. Warum

glaubt's das Ausland, und bezahlt euch die Einlage!

Aber bey der sonderbaren Ordnung, der er in der Beschreibung der Bildergallerie gefolgt ist, ist sein Werk für den Liebhaber, selbst als Verzeichniß betrachtet, so gut als unbrauchbar.

Verzeichniß wollte ich keines schreiben, damit bedient sie der Zimmerwärter.

Weder die Anordnug der Gallerie selbst, noch die verschiedenen Schulen dienen ihm zum Leitfaden, sondern ein sogenannter Geist der Erfindung, der Anordnung, und des höchsten Geschmackes nehmen den Fremden der Reihe nach in Empfang, und führen ihn zu den Stücken, die, wie wollen wir sagen? — in ihrem Geiste gearbeitet sind. Warum nicht auch ein Geist der Färbung, des Ausdrucks? u. s. w.

Geh über die Klätscher, wenn du keinen Geleitsmann hast. Man hat in hiesiger Gallerie noch keine beständige Anordnung getroffen, man arbeitet daran: darum ordnete ich indessen die Gemälde nach meiner Phantasie. Neulich hatte ein Klosterbibliothekär die Fächer als

so

so bestellt: In einen Saal setzte er bloß Deutsche, in einen andern nichts als Italienische, in einen dritten Französische, in einen vierten Englische Bücher; und damit war er mit seiner Einrichtung fertig, ganz unbekümmert, in welchem Geiste jedes Buch geschrieben war. Unzielsetzlich glaubte ich, es wäre dem Forschenden mehr an der Wahrheit gelegen, als an der Sprache, in welcher die Wahrheit geschrieben ist. Der Malereyverständige sieht nicht auf die Manier, sondern in wie weit die Natur getroffen ist: denn jede Manier enthält einen Fehler gegen die Natur. Diesen Ausdruck werden die Herrn aus Göttingen zwar eben so wenig verstehen, als die Dorfdeputirten, was Trüffel sind. Ich theilte die Malereyen nach den Stuffen der Kunst ein: von dem ersten hingeworfenen Gedanken in der Skize bis zur ausgeführten Vollkommenheit; und weil jeden Theil auszuarbeiten ein ganz eigener Geist erfodert wird, so ordnete ich die Tafeln nach dem Geiste der Erfindung, der Anordnung, der Zeichnung, der Färbung, des Ausdrucks, und des höchsten Geschmackes. Der Geist der Färbung, in einer Rubrique ausgesetzt, wie die übrigen, steht auf dem 226. Blatte meines Buches, und dauert bis 249. Der Geist des Ausdruckes, ebenfalls in einer Rubrique mit grossen Buchstaben ausgesetzt, steht auf dem

249.

249. Blatte, und dauert bis 280. Der Geist des höchsten Geschmackes bis 297. Und dennoch beklagen sich die Recensenten aus Göttingen, warum nicht auch ein Geist der Färbung, des Ausdrucks? u. s. w. Die Recensenten haben also mein Buch nicht gelesen: und ihr Korrespondent auch nicht, weil er siebenzig Seiten übersehen hat. Daher setzen sie aber auch ganz klug, daß sie nicht wissen, was sie sagen wollen.

Bey dem allen können wir dem Verfasser ein Verdienst nicht absprechen, das ihn in den Stand setzt, bey mehrerm Studio in der Folge etwas Beßers für die Künste zu liefern; das Verdienst eines richtigen Gefühls, und einer mehrentheils richtigen Beurtheilung.

O schönen Dank, meine Herrn! gar schönen Dank! Oben sagten Sie: daß ich zu denken erst versuchte, aber weder tief genug dringen könnte, daß es mir an Kenntniß zu unterscheiden, und zu beurtheilen fehlte. Hier, ich habe richtiges Gefühl, und eine mehrentheils richtige Beurtheilung. Sag mir doch, lieber Leser! gehören diese armen Leute nicht zur Sekte der Flagellanten?

Die Karaktere der einzelnen Stücke sind fast durchgängig mit starken und bestimmten Zügen angegeben, und selbst in der verdorbenen Sprache lasen wir den Verfasser gern, so lange er die Empfindung darstellt, die er wirklich hatte: aber nur zu oft will er mehr ausdrücken, als er wirklich empfand.

Dann ist mein Buch so elend nicht; bey starken und bestimmten Zügen ist der poetische Bombast, gegen den sie oben eifern, nicht so ganz unverzeihlich. Im Gegentheile, unsere größten Künstler wären sehr mittelmäßige Maler gewesen, wären sie ohne poetischem Bombast gewesen. Nur der Reiche achtet der überflüßigen Stoffe nicht, welche den Falten seiner Gewande entbehrlich sind: der, welcher auf die Kreuzer antragen muß, berathschlägt sich schon sorgfältiger mit dem Maßstabe und dem Schneider. Bis sie nicht ein zergliedertes Beyspiel werden angeführet haben, wo ich mehr ausdrücken wollte, als ich wirklich empfand, so werden sie mir meine Zweifel vergeben, daß ich noch nicht glaube, daß sie das Vermögen besitzen, die wahren Kennzeichen zu unterscheiden, aus denen mein eitels Bestreben gegen das innere Bewußtseyn erweislich ist. Doch wer die Karakteristik versteht, ist schon ein Meister der Kunst.

Fühlt sich daher der Verfasser stark genug, seiner poetischen Begeisterung den
Zaum

Zaum anzulegen; will er sich dabey die Mühe geben, erst richtig schreiben, und zusammenhängend denken zu lernen, so hoffen wir, daß er bey einer Umarbeitung seines Buches nach einigen Jahren uns recht was Brauchbares liefern wird.

Immer beßer, man bedürfe des zurückhaltenden Zaumes, als eine Schindmähre zu reiten, welche unter dem englischen Sporn nicht fort will. Dem Himmel sey es also gedankt, daß es nur noch auf die Mühe ankömmt, richtig schreiben zu lernen; ich hätte vermuthet, die Bannrichter von Göttingen hätten auch den Stab über meine armen Talente gebrochen. Wer sagt, Rubens hätte keine Zeichnung verstanden, der spricht unwahr: und doch sind die meisten seiner Bilder ganz unverzeihlich verzeichnet; allein der Feuerstrom seiner Einbildung schleudert ihn fort; hingegen hat Hamiltons Geduld recht schöne regelmäßige Schnecken gemalet. Weit von mir, mich zu vergleichen dem unnachahmlichen Rubens: nur will ich sagen, die korrektesten Schriftsteller sind allemal die Schnecken der Litteratur. Was den Zusammenhang der Gedanken betrifft, gaben sie mir das Lob eines richtigen Gefühls, mit einer mehrentheils richtigen Beurtheilung, und daß die Karaktere fast durchgängig mit starken und bestimmten Zügen angegeben sind. Ich sehe nicht, wie eine richtige Beurtheilung ohne dem Zusammenhange der Gedanken bestehen kann.

Ich nehme Abschied, meine Herrn! Schakespeare hatte zu viel; Geßner zu wenig; Klopstock sieht man die saure Arbeit an; Milton ist Englands Kochem; Rubens war zu reich; Dolce zu arm; Titian zu roth; Guiddo zu grün; Raphael steif; Correggio schmeichelte zu viel der Natur, und hatte doch plumpe Formen; Carravaggio und Quercino sind nur der Natur Stiefkinder. Kurz, der einte ist zu warm, der andere zu kalt: wer wird dem Tadel solcher Recensenten entgehen, welche nichts beßers zu thun haben, nichts beßers thun können? Es ist aber auch wirklich um vieles leichter, etwas zu kritisiren, als selbst machen. So lange noch Menschen Authoren sind, wird doch nie einer vollkommen seyn: darum, anbethungswürdige Vorsicht! hast du auch reichlich für den Spatzen gesorgt, der auf dem Strohdache sitzt, daß auch die, welche sonst für die Litteratur nichts zu thun vermögend sind, wohl aber auf die Körner unserer Getreidsäcke lauern, doch immer ihr Futter haben. Ein Vernünftiger achtet zwar wenig auf der Frösche Quequák: indessen sollte man doch ein wenig Muße haben; es wä-

re

re genug, wenn sie des Jahres zweymal, zu Ostern und Michaelis, wann sich die sächsischen Authoren begatten, Teutschland Unruhe verursachten. Doch ich spreche hier nicht bloß von Unruhe.

Ich weis nicht, wird mir die Ehre zugehen, daß ich vernehme, wie die Herrn mit dem Schwanenkiele meine demüthige Antwort aufgenommen haben. Ich dächte, sie sollten mich verachten, wie der königliche Löwe die Thierlein, die nicht seines Gleichens sind. Sollte aber Circe ihnen eine Portion der Rechthaberey zugemischt haben, der sie sich in Rücksicht meiner noch nicht ganz entledigten: so schreiben sie gleichwohl an ihren Korrespondenten nach München, der sich auf das Accouchement solcher Zeitungsschreiber so vortreflich versteht, damit er auch ihre Nachgeburt zur Welt bringen möge. Sie schenken dadurch einer geliebten Gefangenen, meiner Dunciade, die Freyheit.

Die Natur hat mir einen Körper gegeben, der sich zum Kriechen nicht anschickt, und einen Geist, der sich vor dem Stolze nicht demüthigen kann, und einen Beutel, welcher nicht hinreichet Recensenten zu bezahlen. Ich weis zwar, daß, wenn heute oder morgen so ein Götze unsere Mauern besucht, vor welchem

chem die Fama mit zwo Posaunen einherreitet, um sich zu empfehlen, öfters einige unserer Gelehrten sich gleich nach dem Gasthofe verfügen, und das Pflaster abnützen, bis sie zur Audienz gelassen werden: in Baierns Namen, die Nation weis nichts davon, die Freudenkomplimente entrichten, und so lange unsere Stadt das Glück seiner Gegenwart genießet, ihm als Tapete dienen. So einen Purzelbaum habe ich in meinem Leben noch niemals gemacht, und dadurch mich vielleicht solchen durchreisenden gelehrten Schauspielern sehr wenig empfohlen, dafür sie mir's auch vielleicht vergelten. Die Erfahrung hat gelehrt, daß so eine Saumseckerey öfters mit einer gar ehrenvollen Recension, nichts bessers können reisende Authoren doch nicht geben, als litterarischen Segen, begnadiget wurde: öfters auch der Preis des niedrigsten Spottes wurde, wie Nikolai, der Vater der Kritik, und auch des groben Betragens, die herrliche Gastfreyheit, welche er hier in München genoß, seinen gehorsamen Dienern gelohnet hat.

Man sollte von Recensenten erwarten dürfen, was man von seinen beßten Freunden erwartet, was man von gelehrten Freunden erwartet. Sie sollten in der Litteratur das seyn, was auf der See die Leuchtthürme sind, oder der Polarstern mit mildem Einfluße; die

Irren-

Irrenden zurecht führen, und dazu ein dienliches Mittel seyn: denen, welche auf der rechten Bahne sind, freundlicher leuchten; sie sollten Gründlichkeit, Klarheit des Styls mit unvergleichlicher Liebe verbinden, die Gebrechen der Gelehrten zu heilen. Was gehören dazu für Menschen? Wer sind die Menschen, die uns recensiren? Die Rechtschaffenen nehme ich immer aus: ich meyne diejenigen, welche sich selbst die Würde gaben Teutschlands Diktatoren zu seyn, und an Grobheit die Einspänniger übertreffen, an Leidenschaft ungezogene Jungen, den Lehrling der Schulen an Unwissenheit. Ich habe diesen Leuten dadrinn in meinem Leben kein Leid zugefügt, ich schonte ihrer sogar in allen meinen Schriften, weil ich nicht gerne Verdruß habe, wenn mich nicht meine Pflicht dazu auffodert; und mit welcher Niederträchtigkeit behandeln sie mich! Jeder unparteyische Leser wird überzeugt seyn, daß irgend eine Leidenschaft, sey es nun Kunst oder Brodneid gewesen, beede Recensionen diktiret habe, und sehr vermuthlich, wo nicht die Recensionen von Wort zu Wort, wenigstens die Materialien dazu von München geschickt worden. Doch dieser oder jener Fall, oder beede zugleich: das bleibt allemal richtig, daß sie sich hier in ein Fach gemischt haben, wovon sie sauber nichts verstehen: daß sie mein Buch nicht einmal gelesen haben: daß sie sich in den Hauptsachen

wider=

widersprechen: daß sie offenbare Unwahrheiten eingestreuet haben; kurz, daß sie gedruckt haben, ohne zu prüfen, was ein anderer für gut befand, daß gedruckt werden sollte. Könnt Ihr doch Eure Inklination nicht ablegen, welche Euch einen Stolz gab, der Grobheiten sagt, und schimpft: seyd doch gelehrt! Oder mangeln Euch die Fähigkeiten? Bittet den gütigen Himmel, daß er Euch das, woran es an der Gründlichkeit mangelt, wenigstens mit einem guten Einfalle ersetze, welcher den Leser für seine Thaler entschädiget. Ihr gebt uns Vorschriften, und macht selbst Böcke darein: streicht uns unsere Argumente aus, und könnt uns nicht sagen, Präceptoren! wie wir sie korrigiren müssen. Den Fehler, die Ursache, und wie der Fehler zu verbessern sey, das alles muß ein wackerer Censor genau angeben, wenn er nicht selbst wieder unrühmlich recensirt werden will. Aber ich weis noch einen Vorschlag: sagt uns Eure Namen, zählt uns die Reihen der Bücher her, welche Ihr geschrieben habt, daß wir doch wissen, ob wir den Hut ziehen sollen oder nicht.

Lieben Landesleute! nicht uns allein blendete das Vorurtheil, daß in Sachsen die schönen Mägdchen auf Bäumen wachsen, und daß in Göttingen die Buchläden Spezereygewölbe

wölbe, seyn, welche die Kraft haben, Teufels=
koth in Cinamomum zu verwandeln; auch das
glaubten ehedem unsere angränzenden Teut=
sche. Doch Zeit und Erfahrung heilet gar
vieles, auch die gemeinen Pilgrimme wissens
itzt schon, daß sogar am Sinai nicht alles
wunderbar und verdienstlich sey, daß sie öfters
aus Andacht den Huf des Esels küßten, auf
welchem Machomet galopirte. Wahr, die
vorige Zeit stellte uns in jenen Gegenden Bild=
säulen auf, welche beständig Teutschlands Be=
wunderung seyn werden: aber die Massen des
Urstoffs sind beynahe verbraucht: itzt pulveri=
siren sie noch das Weggeraspelte, komponiren
eine Pasta, und druckens in die Mödel: so
besteht dermal ihre Fabrik. Wir da außen
haben in dieser kurzen Zeit, als Licht zu uns
drang, vielleicht weit mehr Vorschritte ge=
than, es mangelt uns aber an Windbeuteley,
unsere eigene Waare zu loben. Doch, lieben
Landesleute! Bescheidenheit sey immer unser
Gefährte, wir wollen uns niemand aufdrin=
gen; die Wahrheit, des baierischen Dialekts
ungeachtet, wird über alle diese geschmückte
Puppen emporstehen, welche bloß der sächsi=
sche Putz hervorbingt.

Aber, wenn muthwillige Recensenten auf
uns werfen?

Das zu ertragen ist unedel. — Fechten mit diesen Poltronen sollt ihr nicht, das wäre Schande: — Schlagt ihnen die flache Klingen über den Buckel.

Seite 42 Zeile 7 lies Alexanders. Weil doch die Kupferstiche nach le Bruns Schlachten bekannter sind, als seine über diesen Gegenstand sehr zerstreuten Gemälde.